长歌与短制

向未 著

作家出版社

目 录

上

故乡许我再少年

故乡许我再少年

缘起

我出生在湘西十万大山的罗坪乡

总以为除我以外山外还有一个我

慢慢长大了读书了即走出大山

来到远方来到比远方更远的远方

寻找另一个我寻找我丢弃的我

我虽然没有找到我想要的我

但是我找到了我负的我和负我的我

晓云袖上生

长风吹不动袈裟角

一个我是无数个我

无数个我是一个我

生命深不见底

生之前

还有过去

死之后

还有未来

禅坐只不过是一种感知

在自己气场不断扩大的寂默中

感知寂默

在涅槃不断旋转沉淀时感知涅槃

1

时光滴落

过隙喑哑

家乡的树叶

没有一片能记起我的绿

我典当下家乡的小与静

夜幕降临

缓缓进入心慌意乱的村口

左顾右盼的悬念

逐一悬挂

跋涉已久的足迹悄无音色

失去的疼横笛独奏

石板路数着我的心跳

七星在北斗闪耀华丽的孤独

前行

背后的夜悲壮地黑

回首

前面的风且行且远

首先映入我眼帘的是老槐树

这董郎与七仙女的见证者

慈眉低目

我有着董郎的身世

却没有遇到七仙女那样的女子

我人穷

人家视我卑贱

我太爱写诗

人家视我神经

我低头找不到自己

仰头看不到自己

我的眼睛充血

目光只有弱水三千

每个人看我的目光异样

我看每个人的目光异样

家乡没有一个诗人

家乡没有一个人看到过诗人

我惟有向诗歌敬礼

我的目光看到我凋零的悲伤

我的灵魂看到我的目光痉挛

我澄清不了我的哽咽

我常常向一只病狗学习

反复练习它奄奄一息的呻吟

我的飞腾

我的亢奋

我的不屈

我的无助

我的倾心

我的伏案疾书

反复倒流进我的身体

岁末的寒与岁初的寒

轮回着我稠密的冷

我不再说话

我的目光就是我的语言

我的目光就是我的倔强

我的目光就是我的纹路

我的目光就是我的寂默

我的目光就是我的抚摸

我的目光就是我做人的技巧

我的目光守护着我的意念

不为人知的故乡陷于十万大山

无法与山外的世界遥相呼应

我的目光与丹羽山交汇

我的目光与漾阳河传情

我的目光是死灰复燃的磷火

我的目光在黎明之外又在黎明之中

家乡的山，风骨傲

家乡的水，气韵长

我的目光在黑夜跋山涉水

我的目光覆盖我前三代的祖坟

我的目光隐藏在遗传的血脉里

生命与目光有了千丝万缕的联系

恐惧，色泽斑斓

目光就色泽斑斓

邪恶，千疮百孔

目光就千疮百孔

慈悲，佛光注照

目光就慈悲注照

目光的祈求毫无声音的渴望

目光的绝望毫无手势的凹凸

目光的闪烁毫无炊烟的飘忽

"山有木兮木有枝"

"心悦君兮君不知"

目光的晶莹毫无流星的闪耀

目光的宽恕毫无云彩的迟疑

目光的虚空毫无山神的奏鸣

……

我是用目光生活的人

我是生活在目光里的人

我的目光能准确测出日出

我的目光能准确测出月落

我在日出的地方与我的前生相遇

我在月落的地方与我的来生说话

我的目光在神的领域游弋

我的目光在白与黑的交替中

有了秘密

我能触摸到银河的底部

我能听到祖先的祈福

我能破译峭壁上红狐的哀号

我目光的瀑布无须弧度

自李白的诗头飞流直下

我目光的颜色如水

无色无味透明

空气意气风发

耳朵储藏絮语

朝上，我的目光有着春芽的涩

朝下，我的目光有着众生的凉

对折，我的目光省略了火焰上的红莲

一刀劈下

我的目光顿失傲气

天空的缝隙

我的目光趁虚而入

像幻觉

如果乌云不来

我的目光格外柔和

寂静无边无际

我的纯真

偶尔青涩

像撒欢的小狗

对一草一木都无限着迷

为人不做亏心事

自然不怕报应

山中住万叠

采蕨称幽情

长天夜夜家家月

此刻，我抱住老槐树半边脸

抱住老槐树的半声叹息

悲喜参半

故乡的山

口味偏重

我伤害过的山

和伤害过我的山

一样青枝绿叶

故乡的水

口味偏淡

我伤害过的水

和伤害过我的水

一样碧波荡漾

我回来了

我的头低着

目光比水还低

我离开时

我的头高昂着

目光要比山还高

2

环境日益厌烦目光

目光日益厌烦环境

隐忍开示我瞭望远方

卑微示下我眼下为臣

我的高处

月光在散步

我的低处

一条鱼认识一条鱼的化石

在高处

月光喊出我的法号

在低处

一条鱼唤醒我的乳名

前面的朱雀遇鱼而歌

后面的玄武为月禅坐

左面的青龙听到化石的呼吸

右面的白虎直跃生穴

这就是罗家坪村

这就是山高水长的罗家坪村

它用剩下的苦衷孕育了我的血脉

这些年。这么多年

我一直欠故乡一个策划

惭愧……惭愧……

这回我要在故乡策划一个诗会

我要让这里的山和水

同时感受倾听的力量

我想告诉父老乡亲

诗歌有血有肉

诗歌也会苦

诗歌如此恬静

诗歌令天空脆弱

诗歌的腹部在你转身时长出玫瑰

诗歌的失眠源于子规生疏的黎明

为诗歌奔忙的人不惧怕生死

把诗歌拴在十字架上的人宠辱皆忘

用诗歌掘墓的人身子前倾有度

指挥诗歌飘入灯下的人全走绿色通道

青箬笠前天地阔

碧蓑衣后水云宽

有人说每一次出生

都是一次下落不明的开始

但我要说

每一首诗歌的诞生

都有上帝安排的最佳归宿

诗歌拒绝生硬地长驱直入

即使拿剑也偏向春风化雨

诗歌的语言往往借用神明的预言

那些变凉的朝代

那些变凉的人

那些变凉的鼓角争鸣

那些变凉的失踪

在诗歌咏诵之后获得超度

变成碎片被大地收购

我的家乡需要诗人赞美

这里有圆融的韵

这里有魔幻的意象

这里的根既苦且深

我是故乡的儿子

也是诗歌的儿子

我把诗歌带回故乡

目的是想让故乡与诗歌

皆能获取西天的云彩

而西天的云彩从来不曾枯萎

纵横无处不风流

两片柴门

不用关

无论是祭奠故乡

还是祭奠一片月光

烟火人间

背对宿命

诗歌都是最好的经文

我把诗歌带回来

诗歌到哪儿

我的听觉就到哪儿

诗歌飞上丹羽山峰

我的诗歌便晃晃日轮红

诗歌停留在漾阳河上游

我的诗歌便使劲擦净乡愁

诗歌从不透露我内心的苦

诗歌小心翼翼打开我内心的迷宫

少年的饥寒交迫

还在我发育不良的身体里

吱吱作响

体弱多病的母亲捂胸呻吟

每一声都是湿漉漉的

在烈日和暴风雨中

父亲的身子贴着公路

奋力拉着板车

两块钱一天的报酬动用了他全部的力气

那个时候……那个时候……

我刚接触诗歌

诗歌寄托着我的生活流程

成为我身体的器官

我时常偷偷趴在

用墨水瓶自制的煤油灯下

阅读或装腔作势地作诗

妈妈发现了唠叨

说煤油三角九分钱一斤

省着点，别浪费

是啊，在煤油灯下长大的孩子

我总是自卑

不敢直逼自己的内心

没有宠爱

没有游戏

没有空闲

没有歌唱

除了用一根光溜溜的扁担养活自己

就是偷几句诗行

温柔炊烟的方向

某一天，我一双赤脚

竟然踩痛田埂

我倏然长成田埂上一句瘦长的诗行

田埂也倏然长成一句像我一样瘦长的诗行

恍惚所有的希望都有了体面的安排

母亲不再吃药

父亲不用身子贴着公路拉车

我也不用在梦里把月亮当烧饼吃

我把自己化为一片秋水

日日共长天一色

可惜母亲不在了

父亲也不在了

三十年后我带着诗歌回来

不为温饱

只为一桩夙愿

我甚至还想建一座诗歌的庙宇

庙堂供奉一尊千手千眼观世音

供奉她的庄严

供奉她的智慧

供奉她的慈悲

把她当诗神好吗？

千眼所见

循声问苦

千手施救

让诗歌在漫长的忧伤中

得大自在

3

做人是得先向狗学习

对主人忠心

对主人的亲朋热情

平素无争无求

即便有好吃的

主人不给也只是看着主人吃

尤其嗅觉灵敏能观颜察色

可叹这两点我都欠缺

我的双眼先天弱视

鼻子仅为配相

甚至一度失去嗅觉

春潮涌动

我看见鱼亲吻岸

岸竟不知鱼腥

蛇缠绕落霞溜进暮霭

草竟不知蛇膻

方言斟满酒壶

酒杯竟不知浓烈

红薯越烤越酽

火竟不知醇香

人生的器官一处失灵处处受阻

我的鼻子没有了嗅觉

故乡自然也没有味道

我无法想象线条的气味

香臭在我的嗅觉里荡然无存

如此一比，狗真是太幸福了

我嫉妒地看着狗缩着鼻子往草丛里拱

我的鼻子条件反射地一阵潮湿

月在石桥等路人

石桥不知月滋味

谁的足迹也不敢涉足月的回光返照

隐者爱月

我情愿被月幽禁

一个少年的世事

除了诗歌余者皆多余

我看见一颗稻谷紧紧搂着自己

就想着这颗稻谷如何沦落为王

我看见蜜蜂去翻译一朵莲花花开

就心疼一双莲花眼如何被刺痛

小鸟飞过的天空

云朵最易误伤雄鹰

花朵开过的春天

美丽最危险

我这眼不明鼻不灵的儿子

故乡确实无法体谅我的自尊

我这多余的人

多余到不该再有来生

一个踉跄

如果不是一首诗扶起我

我就可能不再站起

我曾经站在丹羽山的绝路口

向山谷询问为什么要生我

我曾经站在老槐树下的古井旁

向井水询问每个人的一生一世

是不是都有一次花开

或许，一个人有了故乡

就要穷尽一生奔向它

即使离开也是一种反方向奔向

故乡藏匿了我们多少啼哭

故乡所有的污点也会因乡愁而玉碎

说再也不回故乡的人

那是因爱生恨

是恨还不够柔软

哪怕遭故乡暗算

也不会失去分寸

是故乡给了我高贵的姿态

我不在乎冤屈

不在乎唾弃

不在乎有人指桑骂槐

我用诗歌打捞起我的哀伤

稻草人站在稻田中央

向我暗示安静的位置。这时我看到

一条钻进马蜂窝偷吃毒蜂的蛇

这条被马蜂螫得浑身肿胀的蛇折回田埂

在芨芨草和猪耳朵草上翻来滚去

一会儿身子竟奇迹般消了肿

便又钻进马蜂窝干着强盗的营生

如此三番五次蛇竟然安然无恙

传说动物都能自己给自己治病

田埂上的这些草居然是良药

我想到我浑身长的疱疮

旋即脱光衣服精条赤胯

在蛇翻滚的田埂上

像蛇那样翻来滚去

想不到我的皮肤病第二天就好了

就连鼻子也有了嗅觉

能闻到田野芳草的味道

诗歌在我的身上开满鲜花

这意外之喜躲入我的吟咏

我看到我滚过的田埂长出翅膀

仿佛这里种植的月光

明天就可以长出芳草

一条田埂篡改了我的春色

我的江山春光有余

田埂的节骨眼上

又一条蛇溜上来了

我没有打扰它

我转身一阵狂奔

恨不能从一朵花

跑到一朵雪花之上

村里曾捆绑我吊打过我的人

从今天起我要原谅你们

族中冤枉我把我当神经病虐待的人

从今天起我要感谢你们呢

一场雨就要来与我重逢了

这样的机缘巧合让我再次想到神明

想到占卜

当天空随着彩虹退出弧形

我像一只狗那样

缩着鼻子努力模仿自己

我闻着彩虹之香

彩虹的香落满我诗歌的深渊

深渊腌制的往事迎风招展

加持后的往事颤了颤

一声不吱地开示

通透千年风情

离世觅菩提

恰如求兔角

身前事

身后事

世事茫茫

出世法，入世法

不离心法

今天，我回来了

我没有背回我的荣耀

我回来了

我也背不回多少物质

我回来了，我回来了

我背回了我写的三千多首诗歌

那些污蔑我坐牢的村人呢

那些向我脸上吐口水的族人呢

你们都去了哪里？

我曾多么想融入你们的生活

可你们为什么要抛弃我

才三十多年啊

你们都去了哪里？

我的鼻子现在比狗还灵敏

我已经闻到了你们头骨的气味

我想念你们啊

你们才是我的垫脚石

时光真经不起打磨

毫不留情地将过去与现在隔绝

像是一个阴谋

到头来你们与我的父母一样

全用冰冷坚硬的墓碑

面对我的背影

明天——明天

我就要在你们批斗我写诗的现场

朗诵我的诗歌

你们于心何忍?!

4

翻过西山垭口

就翻过我人生的伤口

就到了我的家乡——

罗家坪村

西山垭上的早晨挂着浮云

浮云有些晕厥

旭日镶嵌在垭口

人生繁茂

光辉流动

一句好诗抵得上一个好日子

要留就把身体留给旭日

旭日从不厌倦对身体的赞美

中午。西山垭口被酷暑逼出白烟

鸟儿飞不过这个时辰

你再使劲吆喝

垭口也不会回应

西山垭有一道魔咒

只有神灵才能解开

可惜这里的人不信佛

要不就会在垭口插上经幡

绝处的经幡一招展

总能令人热泪盈眶

暮色拉开帷幔

西山垭口张开大口

吞噬绵延不尽的黑

孤魂野鬼蛰伏在阴暗处

低唤着什么

低唤声在移动

企图借尸还魂

人生的松动

归途绕不开流浪的宿命

就在我逃出家乡的那个晚上

我在西山垭的灌木丛中

自己抱紧自己

度过的夜晚又长又黑又冷

唤魂鸟唤魂的尾音自星光下的尾端滑落

挟裹着我往死里撕扯

阴风怒号

天啊天要亡我为之奈何?

我多想点燃我血里的盐

然后吞咽我自己的火

突然想到我要死了

上无父母下无子女

连后事也不用交代

我死后

野狗们会给我开追悼会

之后打一场牙祭

这里的人既然没人懂我

连亲人也不愿收留我

把自己的身体送给狗吃

这何尝不是一种福报？

不要在我面前提过去

我没有过去

不要在我面前提未来

我没有未来

我的归宿已然走到绝境

连影子也不愿跟我了

爱和逃避早就分离

死亡用金边诱惑我

无路可走的人最经不起诱惑

初衷从遥远的山外赶来阻止我

一首绝句给我腾出位置

我这才将拆解的我收回

翌日。当冷风把我舔醒

我才知道我还活着

活着……活着……

活着我有多痛你知道吗

西山垭，我要恨你

恨你也是恨自己

天生我

天又不用我

难道我要的太多吗？

我只想和几首破诗相依为命

诗带给我忧伤

又用生命的光辉慰藉我

我并不是一个贪心的人啊

此刻，车过西山垭口

我没有停留

当年那个没有尽头的逃生之夜

竟不过是现在的一瞬

一瞬如一梦

醒来隔几重

逃出西山垭

路过一座寺院。回头间

一位飘飘然有神仙之貌的师父

唤着我。他说

你有佛缘，没有尘缘

留下来吧

我说，你这儿有饭吃吗？

神仙师父点点头。我说

能吃饱了饭再说吗？

神仙师父又点点头

我吃饱了斋饭

我来到神仙师父的禅房

神仙师父一番人生如苦海的言论

让我留了下来

天黑了

天亮了

日子不都是这么过来的吗？

我们只是重复前人的生活

天亮了

天黑了

生活是一件旧衣裳

常穿常新

我居住的寺院每日只有两件事

一是修行一是学习

这样就又可以和诗歌偷偷幽会了

山中无甲子

树叶不计秋

三十年过去了

记得当年我摸下山时

双腿已提不起四两力

这才意识到有三夜两天没吃一粒饭了

我潜入一户农户的菜地

趴在地上，拔出萝卜

连泥带皮咽下

那个香啊满嘴流芳

好像是王母娘娘请我赴蟠桃宴

萝卜的汁水犹如琼浆玉液

我一连吃下十个萝卜

这才积攒到几分力气

蹒跚着向阳光和水的方向迈步

走在高处

脚印在空气中飘荡

那时我还不知脚踏实地的真理

也不知脚印是最能留住记忆的符号

我只知道生命

从一粒种子的内心向外开始

生活是来自生命内心的转动

我只知道爱的方向

依赖内心倾慕的驱使

如果错了

泪水会留下痕迹

如果对了

泪水也会留下痕迹

在如此空荡的时刻

我把我埋在故乡

又把故乡埋在我内心

也许我是不成熟

也许时间一长

这些不成熟就纷纷成熟

西山垭看到过我的狼狈

可它永远装作没看到

西山垭看到过我的落魄

可它永远守口如瓶

说与不说

都是我的悲哀

5

我是妖化的火焰

我是羽毛的禅音

我是林中的蟒影

我是河水软化的卵石

浮在尘世中的人啊

不要把信念攥得太紧

我是桂花上有毒的犬吠

我是乌鸦掩面的呜咽

我是羞愧养育的彼岸花

——开花不见叶

——有叶不见花

——花叶永不见

在族人眼里

我是怪异之种

在村人眼里

我是不祥之物

我学猫样走出的猫步

踩出光的裂痕

倦于真情

我的吟诵之声

像极黄鼠狼的偷窥

带着三角形的喘息

我斜看别人的拐角

拒绝辅助线

直逼毛骨

我的纵情吆喝

截取唤魂声上扬的那一节

磨短了人与人之间的距离

我的咳嗽

有着凌晨危险的味道

酷似咒语上盛开的天天桃花

缠绕破旧的烦恼

废弃了我无数脚印

春意盎然

花是去年红

发是少年白

人生最大的意义无非活着

我的痛伤到尘埃

痛很厚

伤很重

想起故乡混淆的面孔

竟然层次分明

人是经不起反思的

我静下心来反思

我发觉我是有罪的

每个人心里都有犯罪的意识

只是这样的念头没有实施

譬如夫妻间那种要掐死对方的冲动

譬如将仇人碎尸万段的设想

想不到人的兽性与人性的转换

还需高举火把

照亮欲望

有的人接近天空的湛蓝

有的人故意低于尘埃

有的人心里装满雪

有的人把灵魂交给萤火虫

有的人将灵魂折叠寄存草根

有的人像槐花

从雅歌飞出

有的人像蚍蜉

轮回在隔世的龌龊

但不管是什么人

大家都逃不过一个字

——死

每个人的身体

在世上注定是一次性消费

我们的繁荣

在生前也许就有了着落

但死后谁也不知谁和我们为邻

誓言和谎言

兑换来生

自然玄而又玄

一朵花贬低不了清音

雄鹰飞得再高

也飞不过天空

月光泄密的隐痛

除了莲花感同身受

世情稀薄

俗人谁又能铭记于心

不到最后一刻

不见棺材不掉泪

忧伤诗歌的人

和被诗歌忧伤的人

自然最接近神灵的口型

诗人的喉结虬结着诗歌的情义

活着，还是要多念旧

念旧的人才不会走出世事

才不会受圈套羁绊

一个人不要怕被洞穿

怕就怕洞穿以后不能心安理得

所以审判只要能过自己这一关

灵魂才能承受冤屈

6

大地是天空的坟茔

歌声是词曲的天堂

海里有鱼的新房

树上有鸟的亲人

春天的背面

有着花容失色的哀怨

春天的正面

等着我用一声轻叹推开正门

我无罪释放回来

也许人具有天然的同情

非常奇怪

村人看我的瞳孔总是夸张地放大

族人居然宽恕我百般陋习

满以为会把我批倒批臭

没想到故乡居然向我敞开怀抱

稗草卑微

故乡突如其来的好

让我感到我比稗草更矮小

父亲再也不打我不骂我

且什么事都顺着我

我好想回到成人的童年

朝晖唱着母爱的颂歌

诗歌谨小慎微地穿过我的家园

丹羽山的怀中

落日轻如鸿毛

漾阳河的眼里

岸的线条柔软舒缓

草垛边

野兰草正偷偷梳妆

鸟巢里的卵

可别在乎日子过得不好

幺叔公说

我不再乱说话

巫术道破天机

小心遭报应

花的唇令人吃惊

似乎沉浸在往事的粉红

叫驴子呼唤情郎

声声椭圆

云站得高——

高处当然不胜寒

猪耳朵草在思量

谁的触摸富有弹性

结实而富有想象力的故乡啊

我们头一次握手言和

风从我走过的路上回来，告诉我

故乡的心原来一直为我辽阔地空着

我带着辽阔的伤住进这辽阔的空

你把我送给露珠

让我莲叶上颤动

独自透彻

独自晶莹

独自唤醒晨钟

独自守候天空

还记得三十年前的那个晚上

幺叔公破窗而入

急急地说，你挖煤时放过炮吗？

我嗫嚅着说，放过呀！

幺叔公赶紧拉着我的手说

——快跑，那是一批走私炸药

我问，走私炸药怎么了？

——走私炸药是违禁品

有人要害你，快跑！

我说我往哪儿跑？

幺叔公塞给我两百块钱，说

跑哪儿都行

我无话可说

拔腿抄小路直往西山垭跑

想不到这一跑就是三十年

这些年我的名字忍辱负重

早失去资格落红

我不能拆除世界

我只有拆除自己

我游走于红尘与白云间

既要避开红尘之重

也要照顾白云之轻

从天上步入水中

辛苦月了

从沙滩步入漩涡

辛苦水了

有一种缘分叫等候

是水一样清。月用一种柔

逼我退至水云间

今天我回来了

我要随一批诗人来此朗诵诗歌

我要随一批诗人来此慰问留守老人

听啊，我在朗诵我的诗歌

用鲜花遮住伤口

伤口与鲜花皆痛

月光在这样的夜晚

把我拆散在你的楼台

你在楼台为什么要把月捧在手中

我总是在这个时候冬暖夏凉

你一声天蓝色的叹息

让我消失在天蓝色

时光很空，时光也很荡

一脚踩虚，我摔倒了

故乡痛之入骨

没有哪一种痛

比故乡的野花艳丽

我从故乡出发

抵达空门

也抵达空门的反面

空门的月落下时

削弱了花开的声音

藏匿的花香参悟不到凋零

我说过，故乡，我会回来的

但不要太早

太早会有青色的橄榄

也不要太迟

太迟或有满树的疲惫

这次我因策划一场诗会回来

刚好

既没有青色橄榄

也没有满树的疲惫

真想就此留下来

做一个留守老人

留住老家的时和光

留住老家的人和事

留住老家的长夜和等候

可是不能啊

我已把我的真身捐给寺院

我已把我的法身捐给寺院

我已把我的化身捐给寺院

我有孤独

有比孤独更大的慈悲

我有清高

有比清高更低的谦逊

微笑时泪水的另一种形式

回到故乡

无非是

经文是我的血脉

我是故乡最合身的补丁

回到寺院

乡音是我的禅床

我是佛前最亮的长明灯

如果我走了

我只是一座坟的客人

铁打的江山

任凭我们来去

我的对面

你也是客人

经不起青山绿水的呼吸

7

弦

从缺

盼圆

长叹复长歌

新词未到

且从淡菊入手

谁识东篱心事？

神游恍惚

风舞残柳不成曲

门掩黄昏

一个词被许多词包围

拖着一束直线

以形式界定

我的运气席卷你的芬芳

矮化的仰望

悬在雨后

风雨无阻的乞丐

不要把他当作游手好闲之徒

他就是我莫名其妙的前世

生命的底色

铺垫了爱的惩罚

雨后不论朝夕

看云霞几回

长歌感壮怀

隐逸注音

无关斟酌

尘世万物

试看天气乘除

雄性的蹄声反复来回

孤独的路口最孤独的

是想加冕的王冠

这时一个词许身于它

伪装的脸红

固定心慌

一片绿荫

躲进鸟鸣深处

彩绘的私语误入良知的

迷宫

我的风流

已闲置多年

再闲置就彻底荒芜

不过我愿意荒芜

每个人都有祖国

每个人都有家乡

每个人都有家

每个人都有父母

如果你没有祖国

但你一定还有家乡

如果你没有家乡

但你一定还有家

如果你没有家

但你一定有父母

如果你连父母都没有了

那你就是可怜的孩子

这个可怜的孩子

隔着一条归途

和另一条归途

惟剩下画眉的颤音

在森林的半径

唉唉，可怜的孩子

不要接受变形虫的统治

哪怕回到昆虫王国

注定怯懦

青山阅事

几兴废

夕阳入水

半声东

读书人总喜欢效法古人

斟酌江山

针砭时弊

然后归隐

一次笔误

要一阵恍惚

松下乱窜的野兔

像松下的童子

问不到师父的去处

经年挡不住

我的前奏

音色清晰

模仿的黑暗

贮藏在我的血液

遥想十年前

此时此刻

我带来花瓶

鸟儿梳理羽毛

在啼唤鸟性

野兽昂着头

在高喊兽性

人扣紧衣服

在嘀咕人性

神

拂去乳状的投影

开示神性

性

装进年轮

是形容词的归宿

斗转星移

先人的位置

原来并没有被仙人取代

往昔的天空依然还在往昔

千叮咛万嘱咐

每一个先人

总是习惯性要求后人

做一个好人

不给祖宗丢脸

8

夕阳站在山顶

收回眺望

六字真言暗藏血色

花

草

树

鸟

兽

人

神

万事万物

在夕阳的另一面

省略仰慕

谁也不能背叛自己

星星注视我们

早有晶莹的表达

影子泪流满面

也不属于自己

只有把自己祭奠给夜晚

才会有自己的星空

不要奢望天再高了

不要奢望地再大了

不要奢望人再多了

不要奢望白天比黑夜长了

树

有年轮

人

有年龄

生

老

病

死

一切都是临时的

十字架是临时的

道是临时的

哭墙是临时的

海枯石烂是临时的

末法也是临时的

你可以没有信仰

但你要相信：

万法皆空

因果不空

朝拜美德

丧失辜负

宠爱的深处

不易自拔

鸟蛋

发现鸟的秘密

受精卵

发现人的秘密

石头

发现水的秘密

星星

发现天空的秘密

只要有生有死

生死之间

就要靠灵魂维系

灵魂转过身来

带血的生

理该庆祝

知道真相的

是时间

注定死去

死亡证明生命

生活解释生命

解释生之前

解释死之后

如果连解释也不能自圆其说

那人生就在制造灭绝

内心与内部构造

如何相得益彰?

内心决定轨迹

内部构造

决定生命长短

日子

切换的生活

理应有章可循

虽然死亡

可证明活着

但活着

就是为了死亡吗？

铸造丰碑的

不是骨灰也不是坟墓

苦难的人世充满眼泪

不可能每一个董郎

都能遇到一个仙女搭救

比如

写诗的昌耀

我的老乡

遇到了仙女

仙女也没说

"寒窑虽苦能避风雨"

生命的困境

不在开始

不在过程

而在尽头

大地空旷

大地就是一具大棺材

功德没大没小

我们无须纠结生命有多少意义

我们的生命可怜

地球的生命亦可怜

是生命就有死亡

是死亡就很可怜

9

晚风吹尽朝来雨

万里山光暮

我在何处

辜负了好时节?

巢是鸟的家

畜栏是畜牲的家

房子是人的家

被诅咒的石头

扔到哪儿

哪儿就是家

记得父亲最后一次在医院醒来说

我不住院了，免得浪费钱

我要回家

我们不同意

父亲补充说

我说回家就是快不行了

医生只能治病，不能治命

我们只好把父亲接回家

父亲回到家，要了口水喝

好像是蓄积了力量，闭上眼睛

日·月·星

对风·雅·颂

金

木

水

火

土

匹对

肺

肝

肾

心

脾

我也曾经想用五行之法

锁定父亲的失踪

伤口上的盐

彻悟后就是一缕月光

彻悟的月光

呈花瓣状

不敢向我透露转世的父亲

如果父亲还未转世

那他又去了哪里?

他在前世作过恶吗?

他在这一世作过恶吗？

我当然不希望他作恶

就像父母不希望孩子变坏

我害怕他去地狱

那样我将无能为力

所以我只能揣摩

希望用念经的功德

超度父亲

希望用自己的善行善愿

忏悔父亲做错的事

父亲死了

但他的血脉还在我身上传承

我是父亲的顶峰

我能俯瞰父亲的过去

却看不到父亲死后的未来

坟墓只是象征

他一定不在坟墓

对死亡投诚

死亡并不领情

离别

不！

是永别

我不知道我的血脉

如何给他送行

清明

太阳并不知道这个节日

常常在这天躲起来

任雨水滂沱

这让我们对思念

有了更湿润的解释

父亲是一九五〇年当的兵

那一年他十五岁

是四野的部队

先是南下

接着是抗美援朝

南下的时候

他射杀的是国民党反动派

抗美援朝的时候

他射杀的是美国鬼子

让一个孩子去杀人

上帝会宽恕他的

如果没有上帝

佛祖也会原谅他的

如果没有佛祖

那他该向谁忏悔呢?

父亲

你的那些勋章

也随同你一起下葬

你晚年学佛。你不迷信

你说学佛就是学善

就是给自己一个忏悔的机会

父亲是个美男子。遥想当年

他一米八的个头穿上军装

胸佩勋章,腰别手枪

站如松，行如风，坐如钟

何等飒爽英姿！可谓是

令无数美女竞折腰

而今父亲埋在母亲旁边

站在父亲坟前，我惟一可以转述的是

——父亲坟上的小草，一岁一枯荣

10、

母亲在世时

最放心不下的是弟弟

因为弟弟比我小六岁

母亲在世时

最放心不下的是姐姐

因为姐姐是女娃儿

母亲在世时

最放心不下的是父亲

因为怕他上别的女人的当

母亲在世时最放心的是我

因为母亲偷偷找人给我算过命

说我一生衣食无忧

母亲去世时

父亲在外拉板车

母亲去世时

姐姐在外读书

母亲去世时

只有我和弟弟在她身边

她死去的早上

弟弟还傍着她的手睡得正香

灵魂沉思的方式

有时也会进入星形的怀念

落花打动不了江山

美人的笑不能给英雄提供避难之所

脚印盛满世间

无所谓来去

噩耗卷曲成现实

无所谓上下

不要诅咒

不要诅咒不长茅草的荒地

不要诅咒

不要诅咒失踪部落的峡谷

不要诅咒

不要诅咒相思血静候花开

不要诅咒

不要诅咒伤好了痛还在原籍

不要诅咒

不要诅咒断魂啼轻得没有来去

不要诅咒

不要诅咒黄昏厌倦长河

母亲，你离开我们已经三十六年了

每次想到你，我就觉得生活很奢侈

我要告诉你的是

你去世后，父亲先后找过几个女人

但死时没有一个在身边

他恳求我把他埋在你坟旁

我满足了他的要求

你去世后，姐姐匆匆嫁了人

育有一女，现在生活在老家

每年在你的生日和祭日

她都会去你坟头上香，烧纸钱

你去世后，弟弟跟着父亲去了第一个继母家

弟弟忍饥挨饿，苦撑着日月

初中毕业就考取了桃源师范学校

那时候的师范学校是吃"皇粮"

他毕业后分配到家乡教了一年小学

后来辞职跑到北京闯世界

现在北京过着不好不差的生活

你去世后，父亲给了我一根磨得光溜溜的扁担

告诉我怎么养活自己。我现在空门挺好的

深山寂寂掩禅扉

一叶虽殊万叶同

风月宛然无异

此情千万重

多少襟怀言不尽

人生一笑难同

不怨薄情人

楚尾与吴头

一笛横风

尽成幽梦

今世了今世缘

前生债不言还

死亡不是秘密

是一种虚无指出另一种

虚无的方向

或许正是这种虚无

诗歌有了前进的愿力

一为生者

二为亡人

谦卑成了诗歌的拐杖

暮鼓声

在暮色飞奔

越跑越快

越跑越快

快到

静止

变成暮霭

……

已知

误会未知

已见

误会未见

夜晚的裂缝

并无韵律

我的痴情

急于押韵

仰慕唐诗

大量时光

意味深长

11

红杏枝头

花几许

人在深深处

斜阳只与黄昏近

往事

不堪近观

半生憔悴

门前一尺春

玉人何处教吹箫?

我总是一个人

喜欢一个人

面向乌托邦

谁的生日会与祭日重逢?

迷惑被推翻

墙上的钟

每过一小时就主动摇摆一次

我

双手合十

望着墙上的钟

一秒一秒读着时间

夜深了

夜向深

倾斜

我向月光

倾斜

床向销魂

倾斜

灯影向窗户

倾斜

谁陪我最长?

我陪谁最长?

不能懂的人世

比斯夜幽深

不能懂的幽深

比人世玄妙

不能懂的玄妙

比转世苍凉

不能懂的苍凉

比陷害忠良

心狠

婴儿的第一个黎明

与老人的最后一个夜晚

孕育流星

流星很可能有先知

先知在一刹那

一刹那

即永恒

生

有偶然吗?

死

是必然吗?

流星

带着天空的体温

用时间乘以加速度

沦落

天空的思想

融为大地

理由很简单

自由和幸福

是宇宙的两大主题

思想

伫立在寺院门口

寺院

伫立在家山门口

我

曾伫立在你的门口

一园花老

世间多少事

又能有头有尾?

一生认识的名字

越多越不真实

青烟

与骨灰

思想者

与沉默者

在压抑的嘲笑中

意识失去选择

谎言与真话

落魄与钱财

都经过爱的朝拜

曲终人散

最安静的时候由此开始

过去

现在

未来

三点一线

回头

能看到岸

回头

还能看到水

岸的形体

隐藏了水的软暴力

水

制造了岸的晕眩

水的执拗

与岸的狠劲

相生相克

理智

平息波涛

邀请海鸥

12

下弦月

吐露心痕

枕月而眠的花

介意桥下的流水

你我在灯光之下

不是为捕捉影子

也不是为看清真容

莞尔的笑意

像绝望的蓝

有点咸味

越是小心翼翼

越是词不达意

越是想说真话

越是说错话

总觉得有个缩影

总觉得有个制高点

你说你不想赦免我时

我说话居然出现破音

你呼吸像山脉

曲线起伏

我珍藏的石头

是鱼的化身

你右嘴角边

那颗榆钱大小的黑痣

在我内心

早挣脱尘埃

出神入化

结局清醒

不需要任何虚构

一些细节

还是一尘不染的好

一些话语

还是不用字母代替的好

逃避

反而是一种自我折磨

话到嘴边

不想说就咽回去吧

偷看一眼

也是一种带色彩的

回答

打开窗户

有风不请自来

不亦乐乎?

风能猜出你的想法

你说

你在想一个人的时候

你就是紫色的风

紫色的风屈身

走失的驼铃似又回响

一个瞬间默受一生

大于一生必须坚守一句诺言

夜晚钟爱默受的身体

黎明钟爱有诺言的亏欠

痣最大限度的隐忍

导致胎记丢弃的那一滴血

在我的骨头转变成青色

走进你瞳孔里的那个人

逐渐熟悉

旧人为何

有黄昏的抑郁

眼泪

在我眼里走失

我的眼睛曾是你的天堂

那里有鸟叫

那里有康乃馨

那里有蜜蜂和蝴蝶

……

不知多久

我不再传递晶莹

有泪多好啊

泪

是圣歌

灵踪竹影里

你不该为我泛青

你不该为我迟暮

悟道月明中

我应该为你落魄

我应该为你杂草不生

你的目光是第二种语言

我没有泪水如何破译?

晚凉时节

我懒得发出声响

小院深深窗锁绿

归路月痕

弯一寸

风移墙影

一次失约

注定你我天各一方

从此

月圆时

我寂寞

从此

月缺时

你寂寞

从此

月圆时

我对你的南山说话

从此

月缺时

你对我的野菊说话

13

月下蛙鸣

有声有色

喜欢听蛙鸣

当然喜欢青蛙王子

蛙鸣悬空

你提心吊胆

蛙鸣急促

你两耳绯红

蛙鸣舒缓

你满脸喜悦

蛙鸣抒情

你两眉带彩

蛙鸣不知疲倦

整个夏天也不知疲倦

蛙鸣回到古老的昨天

我领悟到你撇嘴的习惯

仿佛你的唇有不可言说的奇妙

蛙鸣视我不见

群山蒙面

你对蛙鸣还要忠贞不渝吗?

蝉鸣

薄如蝉翼

寺庙的钟声

重过烦恼

我应该洗耳恭听

蝉的倾诉

知了⋯⋯

知了⋯⋯

还是——

值了……

值了……

知了……

知了……

我知道什么了？

值了……

值了……

我什么值了？

一半知了

一半值了

我既不知也不值

香妃一笑

唤醒九歌

放逐的古人

背影在夕阳下晃动

处江湖之远

心才更眷顾京城

山高月小

今夕复何夕

秦时明月依旧

楚云去又回

当年往事

全被紫箫吹散

边关留下一串喧嚣

进攻者的睾丸

与守城者的阴囊

有着古城墙一样的悲壮

历史的迷惑

种族的迷情

齐聚独裁者的

根部

不动声色

母亲河仙阳河就要消失了

这条在潆阳河下游的河

因为拦河筑坝

就要消失了

以后

这里的阳光下面

就是水面

以后

这里泥土的味道

不需得到澄清

以后

这里的女人和女人养的狗

不会获得或大或小的某种好处

你在此留下的四十五度斜坡

芳草萋萋

将换成另一种水的活法

水的词语

把我写给你的信当成祭品

投进仙阳河

让我的文字葬身河底

寻君已许

远行时

人憔悴

河水仅一曲

折尽九回肠

待到黄昏月上时

月到夜来愁处明

临水自赏

月空洞

水中的月更空洞

改变了籍贯的鱼

唱不出浪花的小曲

道不明占据

是完整

更是残缺

心

痛是痛了

却不知痛为何痛

悲喜之前

谁又能道出蛛丝马迹?

我最后一次用泪水

祭奠了仙阳河

14

相见才相忆

相忆才相见

空

当然没有骨髓

我看到我在你眼里

越来越小

你每眨一下

我就小一次

我的疲倦在小

我的失望在小

我的心态在小

我的愚昧在小

我的幽怨在小

我的想法在小

月到天心满

月满则亏

相聚就是为了分别

我是你的孤舟

你在孤舟上假寐

醒来说"再见"

舟就下江南

这条许愿的小船

像还愿的纸船

不知漂往何方

星星点灯

一支晚歌绕过黄昏飘来

忽又转身折回去

朵朵浪花像蟋蟀那样叫唤

你说你已过了最美的时候

你说我不便再在此停留

要说停留，留白也是停留

睡在夜里

床是惟一的彼岸

睡在夜里

床是整个人生

睡在夜里

梦就是颠覆的信号

人的思维在夜里不受限制

你可在分界线华丽转身

你可在翻开日记的时候尽情号啕

你可在奈何桥阴阳转换

虚假的美经不起一次挥霍

当初相见花初发

芳菲还带东风露

文火煮沸的草药

洞穿人情世故

气味入药

一个字是闻

两个字是切脉

有一些疼痛看似楚楚可怜

其实很幸福

看似弱势的泪水背景很深

强忍的悲伤

被自己驱离

生命中的掘金人

不需要功德无量

你的语气是非常昂贵的那种

可你的语气与阳光交叉

只有紫罗兰的花蕾才配惺惺相惜

我为什么要歌唱紫罗兰?

是因为有一个人的善良

占据了你纯真的角落

去吧去吧去吧

你准备了那么多湿漉漉的好日子

必经之路上还有闪电的弧光

去吧去吧去吧

一缕青烟风雨兼程

黄金色的寂静愿意被你误会

那时，有月光纵身一跃

我默念的谚语死而复生

我参悟的禅法一花五叶

一花是落红

五叶是深渊

远山的经幡蓦然回首

秋水别来无恙?

花

从不给种子提供可乘之机

叶

从不给丑角做配角

花

舒展身体

叶

伪装心醉

一只红蜻蜓笑而不语

你把自己视作一个有远方的人

不受群山恩惠

只受明月沐浴

也从不顺从流水

只向一花五叶投诚

你身后的光

要么奢侈

要么辉煌

可你脸上的表情

要么慌张

要么荒凉

一个暧昧的时代

谁都不在意谁辜负谁

也许谁也没有辜负谁

15

宝盖看尽人间事

枯萎的花没有秘密可言

杜鹃声里

三重苍翠

人在江南路上

欲归无处归

佳人传书芳径约

作旧诗者试问新诗人

月光遇我伴醉

我遇你的锦绣伴痴

你用心细如发的心思防御

乱红的疼放过我的敏感

你身体的母语早宽待我的粗糙

浪费的语言抵不上半句经文

满目青山未见一缕青烟

见是苦难，不见是见的苦难

星光的恩惠绵密

鸟儿的呓语被施了魔法

努力连接星与星之间的余光

我在星光下磨镰

没有环视寓言里的鼹鼠与雄鹰

磨完镰刀我慢慢起身

我看到星光漂在溪水之上

我怀疑天空回到童年

你微笑的弧线

随寂静落下

你的双眉之间

锁着我的盛年

我悬挂你掩饰的愁思

你偏头痛发作的时候最迷人

但我不能说

我保留有怜香惜玉的表情

傍秋千影下

四山烟敛翠

依楼横笛

数十年南北

乱叶蝉哀

一声雁叫过长空

四海为家的人

你就是我的四海

橘花开

长恨夕阳西去

残花忍黄昏

痴情人

欲买西风一笑

任凭万里闲云散尽

羌管吹呜咽

来世路上无旧人

季节改变了季节

生病的兰草

伤心欲绝

你在兰草病前迟暮

我在兰草病后跌倒

我们同时错过吉日

兰草的内心如此脆弱

我们不可在这个时候提起对方

你放下自己的地方

就是自己的中心

分手时我们甚至还说"来生再见"

想不到一场兰草的疾病

这么快就让我们不期而遇

这多么好啊

我们都从"死里逃生"走了出来

原来我们最爱的不光只有自己

那时，我并不知道

月魂浸入花的呼吸

这花的体香

究竟来自月?

还是来自花?

月缺花残

一想到月辜负花

我就茫然无计

习惯遥望远方
是一种长不大的病根
我一次一次
想用百分之百的力气
抱住自己
抱住自己就像抱住远方
只是，你在远方
并不知道我还有这样的手法

夜幕降临
你拿出编织的花环递给我
说这是你准备良久的皇冠
给我戴上吧戴上吧戴上吧
戴上了我就是今夜的王妃
我没有给你戴上
我戴在了一棵樱花树上
今夜樱花树是我的王妃

你的美色归隐草庐

曲径通幽

有禅心的人来到这里

就知道了坐禅

就知道了坐自己

南来的燕子在屋檐下做窝鸣叫

每一次飞向长空

每一次都带回绝句

后记

江湖在花儿眼里长生不老

兴许我的诗歌没有读者

但是万一有一位呢?

所以我要认真地为这一位写

写好每一行

写好每一字

营造好每一意象

兴许我不在人世以后

我的诗歌没有读者

但是万一有一位呢?

所以我要认真地为这一位写

写好每一行

写好每一字

营造好每一意象

大地不会留下我的足迹

但是我可以为我证明

我曾确实

路过人间

而且你将是我遇到的

最后一个

干净的人

下

另赐芳名

温暖

妈妈，远行的时候想你，远行是温暖的
妈妈，被人欺侮的时候想你，被人欺侮是温暖的

妈妈，长伴青灯的时候想你，长伴青灯是温暖的
妈妈，望着天空的时候想你，天空是温暖的

妈妈，冷的时候想你，冷是温暖的
妈妈，饿的时候想你，饿是温暖的

妈妈，你在我未成年的时候走了
未成年的时候是温暖的

巧遇

野岭隐菊魂

浅水藏月影

水中月要我问天上月

谁才是真我?

月光没有疏远我

是我疏远了我

有水的地方就有月

天上月是一个月

地上月有无数个月

一个月是无数个月

无数月是一个月

其距离均与我相等

月光是治疗卑微的引药

让我有理由相信

黑夜里的黑所构成的灵魂

宁愿戴上月光的枷锁

也断不会离经叛道

今夜如昨

今夜的月光下

我禅定的倒影

与我的真身

如如不动

徒有四壁

似亦如此

如是

入家山

残月

伴归人

花落无眠夜

碎银几两

掩饰无骨愁

我找到了爱我的平行线

——河街遗梦

1

常德河街很丰满
穿紫河因此而心高志远

月高灯影重。水是城的魂
世事水中流，身闲岁月长
穿紫河用恰到好处的热情
接纳河底人影与鱼影的互动
众神用羽毛描绘的祭坛上
荆棘鸟啄醒了河街泪中的盐
河流的孤独和悲哀喂养了水草

人生越过越艰难就会厌世
但水草从不厌世。水草浮华的落寞
是因为目睹了一些花的水葬

未来回馈的光往往被夜色所吞噬
内心的空洞折叠成希冀就不会虚度

2

岸上人无心。一河月色一河风
河街一色的青石板上，看不到伤痛

你的脚步声触动不了青石板的沉默
在这里一转身你即忘记回头
你等待的人或寻找你的人
很有可能是陷阱或某种短暂的虚幻
相识或分手谁能想到是如此相似呢？
多年前可抵达的地方你没有来
多年后能抵达的地方你能来吗？

河街，河街，你像一位痛苦的哲人

不知怎么用爱去填补人世间莫名的苦痛

河街，河街，你眼中暖暖淡淡的温情

有德山有沅江有桃花源还有刘海砍樵

你在自己领域点燃火种照亮了祖先的归途

3

诗人是人，是诗，是歌

他们的词语砸中你

河街的建筑大都是明朝清朝的风格

那些打在雕花窗上的阳光足以抚慰流逝的时光

屋檐上的翘角好似刚看完某场婚礼的表演

照壁是风水的分水岭。不动声色又心照不宣

在通往街头的路口，诗人收回了默念的芳名

诗人的笑和泪能医治世间的文字

但惟独不能复原自己缝好的补疤

把自己交给爱或把爱交给自己

都会让诗人感官迟钝不知爱什么
此刻河街深处，没人指认谁是谁的爱

诗歌有足够的力量捂住一段伤痕
诗人却没有足够的力量让河街的爱成一枚闲章

暮归河街

站在路口灯下等我的人我居然没有印象

我并不想再去了解一个陌生人

也并不想一个陌生人再来了解我

俗世中布施的那些好或者温情

大多要用目光洞穿的灵魂

方能做长久的隐形的铺垫

人过中年，路灯下的影子应该知道

我该把我还给我，也该把影子还给影子

题赠东莞常德女商杨雅琴

季节的起伏

没有掠走你内心的斑斓

从月光中醒来的玫瑰

像极了柳叶湖的浅笑

这与你的平静恰到好处

你内心的苦从不示人

躲在我挺拔的忧郁之后

独自环顾云水的入世之姿

淡柔情于俗内

负雅志于高云

避开世俗的苍白

就不要说世俗

世俗在沉寂处

苍白，是我

为你扼守的留白

故乡无须翻译

你是来自故乡的女儿

我能隔空读懂你

但我为什么没有读?

因为在很久以前

我梦到过你的一滴泪

我把这个梦种在菩提树下

拒绝了清风徐来

世事太多，也并不多

时光太快，也并不快

家园在后方。眷顾家园的人

心中有大美；远景在前方

执着前方的人心中有大爱

你眼里的喧嚣有多种表述

可我们却从不谈论

镜中人

镜中人不记故园情
镜外人有负夕阳红

镜中人的另一半在镜外
镜内无心，镜外无心法

镜中本是虚空界
镜外偏有栽花人

镜中人脸带泪痕
镜外人合掌问询

结缘落花

风过十里回头。阳光正好

我的倒影在水中
看到落花在水面挣扎
爱莫能助。我只好在岸边蹲下

落花随水而逝
我没法安慰落花
我的倒影也没法安慰落花

鱼也没法安慰我
就连我的倒影躲在水中
也没法安慰我

那被落花吻过的水面

再也没有鱼读夜月的痕迹

空余我的倒影晃荡

睡懒觉

冬天的早上还是被窝里最暖和

缩进被窝如同缩进往事

记忆里的图像逐一陌生

陌生的图像又逐一现出原形

想到一些人一些事

想到此一时彼一时

就听到风呜呜地拍打着门窗

梦与被窝两重暖

臣服的灵魂经不起被窝一捂

我用吉祥卧获取逼仄的惊醒

忽然明白逢人不说人话

便是人间高人

谢尽繁华的冬天

每一条路都是归途

河水本是虚空界

河水本是虚空界

波浪反复唠叨

顽石醒来

看见我正皈依水

水是你的回音

我大声地喊着水的名字

我嘶哑的声音

像是你标注的唐诗

二〇二〇年的平安夜

故乡与异乡背道而驰

犬吠与汽笛背道而驰

天上月与水中月背道而驰

平安夜。故乡已故的亲人

有一百个走进我的平安夜

他们要我超度，还想要我

在异乡化缘，在故乡布施

故乡审视我，异乡提醒我

犬吠审视我，汽笛提醒我

天上月审视我，水中月提醒我

我是游子，更是赤子

夜薄云峰冷，带雪梅更红

平安夜我站在异乡欢呼雀跃的一旁

纵容故乡的吊脚楼蒙上灰尘

与其赞我是高人不如说我是俗人

我与故乡的这与那的隐秘关系

该如何带着泪的咸味认祖归宗?

忽然吹来一阵冷风

这里竟然有我要的宁静

跟着又吹来一阵冷风

这里竟然有我要的温暖

我宁肯锦衣夜行也决不衣锦还乡

吉祥山的枫叶红了

今年是去年的重复

又是一年枫叶红

我掩嘴咳嗽

枫叶陷入沉寂

霜浸透的红

告诉我空气的味道

枫树的根朝我的未来生长

我的吉祥山总是迟钝

枫叶已知道我遗憾的方位

枫叶的红隔着含蓄

暗示那里有你赠我的府邸

二〇二〇年小雪记

二〇二〇年。小雪。气温骤降

身本性空。小雪过后是大雪

你我互相为证：春运即将来临

我对季节的轮回了然于胸

我对雪花的认知却极浅薄

我甚至感觉雪花让我形迹可疑

我不知道一朵雪花怎么样活

也不知道我在你面前怎么样活

你的青丝是防线，眼神有梦乡

我关心雪花是想进入雪花的心灵

那样才有可能纠正你给我的一些错觉

好歹你回信息说北京不冷

这里的天气跟常德差不多

可我不想告诉你其实常德今天很冷

雪花也是花。休问雪花天上事

静中皆清凉，且不要笑我

我的盛年没有保留有人负我的细节

有一个想法

闲云空岁月

不说近来心里事

了了自清虚

野鹤之家东更东

吉祥山的黄昏深渊一样

我多么想邀请你的夜晚

在此入驻

老照片

往日高不可攀

老照片连着乡音

背景隔身世

仿佛曾相识

多想去串门啊

大家都扯下面具

下雨了。如果你搬出凳子

我就坐在门口

请把我当成门的封面

卵石

河水哺乳的卵石

趁着夕阳下山之际

又亲吻了卵石的痛苦

卵石的目光随着流水而失

水知名利事

卵石知而不言，皈依水

卵石裸睡在水的心底

不在乎爱的声音流淌

有些诗最好打上标点符号

微凉轻薄云烟

高天孤雁鸣晚秋

我在河街租下两间平房

不为闲也不为忙

只为摈弃的澄澈时光

窗外瘦柳动客愁

我身体里的那些芬芳

越过夜里的黑，是想

告诉那个喜欢熬夜的小诗人

你的孤独并未指认我

你的孤独依然还在你的内心

还有，你在黑夜深处写的诗

最好还是打上标点符号

背景

你的背景

是我天蓝色的源头

幸福的痛

或痛的幸福

都会令我呼吸不匀

想到未来——

谁都害怕没有未来

此生我转世来见你

用你失联的日子

时刻准备扶持一个良辰吉日

我担心我压抑的情愫

控制不住跑出来

亲，如果你在我前面

请华丽转身

在河街

我在河街东头租了一间单家独户的平房

这样我就可以天天在河街溜达闲逛了

这里排列有序的麻石条对每双脚印都释放善意

街两面砖木结构的明清建筑老成忠厚宽以待人

年岁渐长发觉自己对别人并没有想象的那么重要

便学会日减一些聚会一些宴请一些彬彬有礼的

　　接待

享受孤独远比台下做观众或台上做陪客更清静

　　自在

更不可说的是我们总是在河街的一角不期而遇

总是习惯地一前一后走着像是踩着自己的心跳

我们不说话。你偶尔若隐若现的浅笑遮掩了我的

　　沉默

河街心寂寂，此身如了了，何须道出来去事?

我只遗憾时间那么长河街那么短而我又如此卑怯

秋雨点点愁

秋雨点点愁
我叛离世道的心
弃我的肉身于尘世

何时长空雁一声？
我叛离世道的心又折回
进入我身体更深的红尘

不要看破红尘——不要
红尘破了就没有凡夫了

我收集的那些废弃的词语

我收集的那些废弃的词语

像落叶。落叶知秋

沾土成泥，满是委屈

相遇与分手之间删繁就简

我收集的那些废弃的词语

像落花。落花知轮回

惟求与自己相遇

与己相遇方能与你再遇

偷偷

佛说，偷看也是偷

我偷看了残月
残月偷看了我背负的讥讽

如果你没有发现我偷偷回来
那便是我已选择偷偷离开

江湖夜雨

曾为我流泪的人
晚安。江湖夜雨
请放心，我已像萤火虫
自带光芒
夏太热。秋太高。冬太凉
我是不可能把春天还给你了
要不，我把我还给春天吧！
哦，不，我也不配
我的伤口上再也长不出青苔

五十而知天命

我怕我荒废　我才辜负我
我对我的空白恢复旧制没有耐心

我怕黑夜沉溺　黑夜才仰望星空
我的穹顶无法接纳我回到童年苍老

我怕语言纠缠　语言才学会缄默
我的虚空居然允许空虚捣碎我画的圆

约定

月亮潜回湖底
与鱼相会去了
我返回到彼岸
等你我之间的
那句佛号上岸

如是如是

头上有月亮。岸边有篝火
我认识水中的人，水中人不认识我
水中月不羡慕人，偏偏羡慕野鸳鸯
岸上人不爱天上月，却讨好水中人

五二〇致一棵柳树

南方南的一棵柳树忽然长出了小蛮腰
我爱的柳丝在爆芽时逐渐熟悉我体形
我想象着深夜里柳树躺下抱着我睡觉

第二天等柳树站身抚弄好千条绿万丝绦
想不到我们相拥的气味竟然粘在须根上

守口如瓶

夜里的黑色
模仿着秘密
夜里的秘密
模仿着黑色
我的内心
正面是黑色
反面是秘密
你的嘘声
我从未透露

青苔

岩石的孤独坚硬

居然养出青苔

青苔的喜怒哀乐

逐渐习惯比孤独还坚硬的冷漠

生命中的缝隙

排挤出青涩的往事

往事辽阔

我的寂寞形同虚设

我是我的原野

我依赖的善念
不忍直视。我看不懂

我看不懂是不想看懂
我不想看懂我
我不想看懂你
我不想看懂镀金的留白

有很多留白
只能和留白共处

清明要明

外人伤害你，痛一时
亲人伤害你，一世痛
父亲曾经伤害过母亲
去世前希望我原谅他
可惜我没能说服自己
当然也就没有原谅他
山川晴处见崇陵
后人哪得知幽径？
十年后的清明我来扫墓
父亲坟上的茅草划破我的手掌
我看到从那条口子上渗出鲜血
恍然开悟 。我终于原谅了父亲
也与坟上尖酸的茅草达成和解

暗施慈悲予发心

清凉常愿与人同

自比管仲与乐毅的父亲的弟弟

见一次便羞辱一次一事无成的我

每一回都不过滤自己的言辞

是不是伤害有快感的冲击？

在历经妻丧病磨子不孝以后

竟频频传信想见我

当我看到与我父亲一般模样的他

我流出的热泪与他的渴望相依

我找出时间的答案鞭打我的犁痕

与人计较就是与内心的痛计较

我开始斑白的鬓发不再尝试变形

一枝一叶总关情

花的归宿是枝

枝的归宿是悬崖

花开富贵

可为什么内心冰凉？

枝绿仲春

可为什么面带伤情？

花幽芳

酒壶歌扇随行

枝静绿

惟闻落单啼莺

花没有骨头

枝却有向上的愿望

嗯

花瓣沾泥

清算很静

月光销声匿迹

另赐芳名

吉祥山在遇到我之前，
叫"李排子沟林场"；
遇到我以后，
我给它另赐芳名：
复姓"吉祥"名"山"。
这里的村民都搬迁到城镇，
现在这里没有炊烟，
没有杀鸡宰羊躬耕陇亩，
只有清静和干净，
只有两手空空的我。
庚子年经历那场疫情时，
那落在水中的月亮，
好像一夜之间给我换了肺，
翌日再走在泥泞上，

脚底板和鞋，

竟有泥土的幸福！

请听山中泉，

无心到处禅；

结得清凉缘，

忘却人心险。

接近

前峰举红日
霞光遍远山

春天的不轨接近前峰
春天的原罪源于霞光

春天的绝顶接近红日
浮云接近莫名的远山

往事无处问

羞涩流莺

问佳人

寂寞山色

随春换

千峰一夜添风雨

寒烟落

和往事比

我才是你的出口

有一种忧伤无以言表

油菜花开时，我没能赶回老家
等我回来的时候，我看到油菜花谢了
这与我颤巍的内心大致相通

我内心的铁焚烧过锻打过浸泡过
我内心的盐曝晒过挥发过抽泣过
很遗憾往后不用在内心储藏这些痛楚了

那些看轻我鄙视我辱骂我的长辈先后离世
一年一年熬了多少年我正准备表现自己
他们居然就等不及地不在人世了

就连为我搏命的人也没留下任何印记
我倒反要看轻我鄙视我辱骂我了

我要谢谢他们让我奋斗了这么些年

红尘陌路。我与今年的春天一样
内心无端生起的忧伤无以言表

原来

原来。原来打开的结局

看到的是开头

诗迎寒鸦

云卧草庐

变富的空虚

因无果相

圣诞

两只蜜蜂飞来

趴在花蕊问旧事

浮云不言游子意

我赶走蜜蜂

暴露的世情

飞鸟知浮云

一把刀插入圣

一把刀插入诞

同时抽出就会泪流满面

花的容颜

花儿看不清自己的容颜
于是花儿落入水中
水平如镜
鱼儿也看不清花儿的容颜

再见时我会依然对你好

你制造的流言蜚语

让我证得：

伤害是清凉地

那一回我辟谷七日

你对我的误解

让我证得：

不辩是逆增上缘

那一回我闭关三年

你给我的烦恼

让我证得：

烦恼即菩提

那一回我磕长头十万次

山愁水亦愁

我的裂缝处

为你准备了光

我当暗中相送

炊烟飘向夕阳

眉头故乡

一笑便生风雨

唇上故乡

开口即落英缤纷

镜中的空了

诵经，幡动

喝茶，风动

忏悔，心动

看你，如如不动

我留下的空

刚好可做一面圆镜

观照

若我转世成弥勒

水有情根

山有悲喜

二者合而为一，终至妙相

山鸟知鱼。鱼不知山中有鸟

若我转世成弥勒

我只笑我是可笑之人

原来如来即是卿

从故乡到寺院的距离

约等于

从回家到出家的距离

从伤口流血到结痂的距离

约等于

从流泪到破泣为笑的距离

从汉语到梵呗的距离

约等于

从你的回头到我背对岸的距离

不言人间两全法

原来如来即是卿

你孤独时有什么

茶香处，有风静

茶不孤独

鸟鸣处，有云迹

鸟不孤独

落霞处，有孤鹜

霞不孤独

你呢？你孤独时

有什么？

唇上有诺言

用牙齿拴着

额上有痣

用皱纹守着

哦，我明白了

你孤独时

自己等于自己

再访滕王阁

日扫赣江清波愁
从湖南走到江西
我即知江湖橙色

鱼怜水中倾城色
经岳阳绕道南昌
我即知清流底色

我认识滕王阁
落霞也认识我
孤鹜也认识我

我来了，我是落霞吗？
我去了，就跟孤鹜一样
来去之间，我独留长天

庚子年初赣江边踱步

逢君沾露处

语半痴

韵落错词诗

涛声挤

现实的键

按响

我没有逃跑的力量

庚子年小记

老马

通路数

白云

知沉浮

我糟蹋的时光

已经受劫难

前程找不到后事

后事不问前程

庚子年注定以假乱真

月冷风起的时候

触及的问候

经不起抚慰

到底有没有温和又干净的人呢?

补妆

雪沾梅香
梅挂枝羞

雪似我句
梅似子颜

浮生

每月初一和十五

结斋以后

我都要在放生池边

伫立良久

看水中的倒影

怎样放生自己

寂无正形

我教鱼如何打坐

情无刚强

鱼教我如何脱俗

我喂养的是一朵孤云

孤云一贫如洗

不负人间累

石蹲还似兽

云蹲又似石

我是我的光明

烦情

不斩愁

老屋需留着

痛和痛还要相依为命

失意

少访亲

自己与自己说话

最好还是用乡音

莲花开过

污泥问我

在最黑暗的时候

我是我的光明吗?

自省

眼前群山

依宴坐

头上闲云

识古今

河滩卵石藏落日

举头望天

我不信白银有白云白

韶华

叶落……树瘦
厚土养须根

月落……石瘦
流水伴朝暮

旧词里
暮雨未归

新诗间
茶凉待续

传说中
只有我正小叩禅门

落日

落日要说的话

终没说

忍成圆满

傍山而沉

山有些晦涩

此山是旧山

此日是古日

我是它们身体里的哪一部分？

赞歌

减去真实

落日晒出牧歌

黄昏演变成一种风格

风吹皱水面

鱼儿亲吻着波痕

山头月

不知今宵

山下，夹竹桃的泪

似我沉默的巢房

水中月理解鱼的语言

随着爱在攀升

地平线选定角落

鱼心领神会地纵身一跃

我的赞美在此间消失了

圣地

三更。窗外。陌上
冬往春归处撤退

土好比词语
土是大地的词语
与季节有着千丝万缕的联系

时令驱逐着带土腥味的方言。郊外
占用田地修建的高尔夫球场回应
游戏是分子纪律是分母词语是分数线

失地农夫提前拆除自己的词语
拆除的房屋拆除了哄骗的思想
类似事物停留在有炊烟的插图

背井离乡不破坏词语错误的顺序
乡亲们拖儿带女大搬迁的场景已经沦陷
乡村离去的信号转换成画布上的色彩

枕边语

真理混乱的版本
与浊世平行

离枕头最近的是自己
下沉的时间隐隐嘀嗒有声

时光解开纽扣。伤我心的人
抵押给我的是寒冷和寒冷

睡会儿，再睡会儿吧！
再睡会儿鸡就叫三更了

门外山重水复。有时候睡觉是
走向寂寞和离开寂寞最好的方法

一枝玫瑰

去证明来
我也向寒冬投诚
在我低头的背后
春暖就要花开

伤口证明疼痛
伤疤贮藏的星光
已经凝固。我
不承想如数奉还

悬挂证明放下
死证明活
道送我上道。我的沉默
多像一枝你手中的玫瑰

山水间

流水弯幽处

万峰围绕

一水生

山疼痛时

水是良药

水疼痛时

山是良医

山往高处长，山高人为峰

水向低处流，水低鱼逆游

山藏流水，水藏奈何天

山边水生，水向群山借路行

山面水思君，曲中离情

山是痴绝，水是情怀

山有家，水无家

天意

我拒绝我的善良是一种静音
它不适合我一个人侧耳倾听

我拒绝我的修行带有锋芒
它不适合我一个人阻挡天空的灰色

我拒绝我的等待缺乏熬煎
它不适合我一个人咬文嚼字

我拒绝我的灵魂挟带光芒
它不适合我一个人自怨自艾

你侵犯我的轻安
我的次第花开是答案

表象

寒山无香客。松下一僧回
竹听石上泉。我观枝头月
我得到了万物的抚慰

我尚未入山门
山鸟就纷纷直呼我的法名

吾乡

归路本非赊

落叶不怨秋

有一天，如果有一天

必然也有这么一天

当我入土为安

会跟落叶亲吻红尘一样

有这么轻盈这么沉寂吗？

愁犹胜客歌

病来淡相守

我曾经拥有而现在又要放弃所有

我曾追求喧嚣而忽然要永久地寂默

我能够用想象识别未来的形状

继而推测出落叶到地面的距离

落难时最想去的地方，只有吾乡

回向家坡

月落
山缺处

风咽
坡上菊

荒年
不恨情浅

愧对沅江

江面秋风

触动一波旧愁

上游是亏欠

下游是遗憾

沅江向前，从来没有停顿

就连沅江里的鱼也从来没有撤退

一个中年人，像我，宁肯不许愿

也断不可对沅水打诳语

宁肯在此岸亏欠，在彼岸遗憾

也断不可模仿哗众取宠的表演

曲罢一樽空。我承认自己是一个小人物

现在只求风平浪静

和鱼儿说说话

深秋最怕三更醒

深秋最怕三更醒

最怕远山的鸟哀鸣

最怕风呜咽

最怕停电之后无油灯可点

最怕记忆颠倒想起某些背离

最怕自己把自己打回原形

最怕年龄暴露真相

最怕内心的债务被神洞穿

最怕前面黑夜留下黑影

自悲人是假，偏要假为人

最怕起床坐静一炉香

又道不出一生所得在何方？

岁月蹉跎

岁月饶人
青灯便有归宿

岁月不饶人
清风似还在赶路

我在你面前闭眼
感受你身后月光的信息

被月光包围的岁月
风沙路途，无所谓天象

高山上的月光错过月光下的高山
我赠你月光惟有独守高山

十万吨月光错过十万亩月光

我赠你月光惟有独种月光

你顺着月光走，错过我在十字路口的背影

我赠你背影，反而我成为十字路口的囚徒

触摸时光的浪花

我为高山痛，所以我写诗！
我希望我的诗寄往一个旧年代，
你站在古糟门边痴迷我的文字。

我为东风痛，所以我先老！
我希望我的奢求不加重你的目光，
落日后的黄昏体谅虚度的过往。

我为你的苦痛，所以我修福！
我希望时光减去三十年，
子夜的经幡纵容凡夫俗子苟且。

我为弯月痛，所以我对天当歌！
我希望我能积蓄三尺月光，
遮挡你偶尔泪流满面的模样。

二〇一九年的宫殿

宫殿敞开
往事正在回来的途中
一念三千
眉动闲愁
一个诗人如果写不出好诗
那他就应该远离故土
颠沛流离
饱受乡愁折磨之苦

黑暗醒来
黎明的锁孔插入怜悯
表白寂然
炊烟升空
一个诗人如果写出了好诗

那他就应该回到故乡

隐姓埋名

饱尝荒寂溺爱之痛

过德山而未入

菩萨金黄，金黄孤独呵！

怀众生之心，视草木为众生！

怀觉有情之心，视你为觉有情！

寺庙的倒影在水中，比水还柔！

菩萨在世外，菩萨的痛在凡尘！

菩萨闭着眼，以求缓解世间苦！

我，多么愿意被菩萨忽略！

孤

没有墓碑的坟称之为土坟。在春天
土坟借坟上的花草不断精心打扮
以此鼓励坟内的灵魂重新投胎做人
（这时有牧童牵牛至此。牛看到坟头草很肥
赶忙伸出舌头卷了几口，继而仰天哞哞地叫唤）
牧童的吆喝声穿越灵魂，打开时光的空页
遗忘与记忆的交易有落日的痛也有落花的悔

打量某古城墙遗址

沧水不知怒，苍山尽慈悲

流水带不走缄默的岸

却带走岸足以依赖的时光

跃跃欲试的浪花

最终没有说出爱

叫"遗址"的地方已经习惯没有人

又何苦说出隔世的倒影?

又何以说出故国的月色?

水草水草

寂寞路有凫东流水
在你的流水，我长成一株水草
这远胜于我要向你描述静美和远方

在水草的根部有一块顽石在打坐
鱼以你的姿势游进我赊下的空白
你也不知道未来的结局是圆是缺

颠倒黑白

白日的颜色是白色
黑夜的颜色是黑色
我颠倒黑白与沉沦同在

黑夜我提炼白
白日我分泌黑
胆怯的白与骚动的黑又颠倒我

我的世界只有黑白两种颜色
我把黑色送给守墓人
又把白色送给你作为边界

初访云麓宫

云麓宫斜依麓山峰。下山时
马道长手指远方告诉我，那是湘江
远方的湘江与岳麓山平分天色
清得像爱，欲长出翅膀飞翔
难怪湘江不寂寞
因为岳麓山有一双眼睛凝望
难怪岳麓山不寂寞
因为岳麓山一直在凝望
湘江渐远，水动麓山离愁
离愁在唇边像马道长泡的茶
用虚幻检验禅与道的间隙

我不知道为什么来为什么相识
也不知道为什么离去

我的灵魂很俗……那就再俗点吧

大俗即大雅。那样才更适合你

双手合十地唤我的法名

你送我一片岳麓山的树叶

我摊开手掌，对着叶脉

企图找到自己命运的走向

此刻如果我正在发呆

那么请你对我微微一笑

再访云麓宫

岳麓山的苍翠挣脱出我的疾苦

再次来到云麓宫是因为我要离开岳麓山了

我过云麓宫而未入。我想象得到

愤世嫉俗的马道长一定在用泡茶之法

游刃有余地在向自己妥协而不道玄机

这里没有第二座道观。云麓宫很寂寞

所以来到这里你只会遇到更大的寂寞

岳麓山属阴地。山上有很多坟墓

它们习惯游人上山下山

也见证枫叶在红之前的些许疤痕

人生自当面对，人死自是徒劳

你的过去无端地与坟地的小草成为命运共同体

我不造访熟人乃为不要虚荣与虚伪地发呆

我的安静逆来顺受。我不像身高一米八的父亲

从容地挥霍自己又对自己熟视无睹

平行世界难怪有生殖崇拜一说

繁华时代新欢旧爱不需耐人寻味

一瞬间我理解了我的缺憾。我绕云麓宫而去

好像这里的树木从来不认识我

好像我与云麓宫从来没有人情往来

清风明月

清风面对悬崖

纵身一跃

悬崖就学会了呼啸

明月面对大海

纵身一跃

大海就到了天堂

而我面对你

后退三步

就到了下弦月，不解风情

过南山记

菊凋时，秋已尽

一朵菊花已回忆不起曾为谁瘦

红颜易老，菊花易凋

咏菊之人大都忧伤

每念及至菊便沉默

一段邂逅一去不复还

南山婉留采菊人

古道边，菊花空叹雁归

今晚守望月落的诗人

不言菊的高洁也不言月的高冷

梦里有谁伤别离

枕边泪水就为谁

袈裟

袈裟是百衲衣，有我心仪的孤独

我赠袈裟天地，袈裟陪我禅寂

在寺院，当苦与孤独相遇

我不愿花开是不愿看到花开后的凋零

花开花谢的惊艳将往事带到我身边

与花寒暄的人喜欢对着花笑也喜欢对着我笑

身披袈裟回头，我是我的此岸也是我的彼岸

再回头，你我之间，三更月下，袈裟为岸

一朵花两朵花三朵花……

我喜欢你看第一朵花绽放时的欢愉
但我更喜欢你看第二朵花枯萎时的忧郁

我喜欢你低首俯闻第三朵花的芬芳
但我更喜欢你感受第四朵花的悲伤

我喜欢你轻手触摸第五朵花上的露珠
但我更喜欢你亲吻第六朵花上的泪珠

我喜欢我喜欢……还剩一个午后
我喜欢从后门出来，走向田野

我的刀

不是我醉了

是我的刀醉了

抽刀断水

水更心疼刀

不是我指月

是我用刀指月

英雄与刀

月最先认出刀

不是我老了

是我的刀老了

风萧萧兮情寒

舔舐过热血的刀经不起你一瞥

不是我多情

是我的刀多情

我落泪时刀驻扎在我心上

宁愿伤我也不伤别人

不虚此行

你曾割舍的片断
忽然回到现实的缘起

你曾刻意隐瞒的词语
已成走失的复线变得弯曲

你曾路过的土家山寨
似还能寻到我胞衣的血迹

你曾赊下的一片山月
后来成为我没有贪念的戒律

你曾与炊烟念叨的那个人
早向自己妥协且习惯沉默寡语

你曾反复修饰又掩饰的生活

依然有不动声色和惊恐莫名的叹息

风住沉香。红紫芳菲

歌声未尽处最数旧曲清凄

你若要我一句真话

我必望你身后，说：不虚此行

多观照

我照镜。镜中的我想起镜外的我
镜外的我无动于衷，镜中的我不动声色
门掩落花深院。风中，在呼呼的风中
落花退出落花时节！爱妃，请随我回楚国

我照镜。镜外的我想起镜中的我
镜中的我多情，镜外的我多病
多情追随多病。门外，黑夜留下黑色的门外
三更风休恨风流！爱妃，请恕我丧失幻觉

离愁

我的白云天，你的杨柳岸

知离愁……

却不知离愁几斤重

离愁来袭

我用诗歌抵御

离愁变成意象

离愁来袭

我用咒语抵御

离愁变成气息

离愁来袭

我用经文抵御

离愁变成梵音

离愁来袭
像二〇一八年岁暮的寒流来袭
一蓬衰草是我忍辱的标志

青灯一盏随我老
所有的夜晚像今夜
今夜像所有的夜晚

家山春霁雪初融
天际远山低
不言今宵何处同

为什么回到家乡还会思乡？

我的乡愁很重。即使回到家乡

我也还会思乡，我也还会思过去的乡

我抱紧儿时磕头的神龛

再找不到上一代人的行踪

乡愁啊你为何不道出我最后的身份？

我最后的身份就是游子

我眼角的那滴泪不是泪

是游子的一粒盐

大雪纷飞

刚埋葬姐姐，家乡便飘起雪花
这个冬天的雪，杀死我心中许多的白

弟弟对我说，你说埋葬了父亲
就等于埋葬了故乡；今天你又埋葬了姐姐

我说埋葬姐姐我就躲在乡愁背后不再露面
尽管明年清明会有一些青草在姐姐坟上醒来

等待姐姐醒来

在石门县人民医院重症监护室外
我烦躁不安而又耐心等待姐姐醒来
姐姐，我终于知道了——
之前你那么刻薄地挖苦我
之前你那么固执地与我斤斤计较
之前你那么硬而冷地与我格格不入
之前你几年不与我说话
都是为了让我厌你烦你远离你
你以为这样，你离开我以后
我就不会有此恨绵绵的绝期
我就不会背转身去无悔无怼
可是你才五十三岁呀
我实在不忍推开重症室大门的时候
也推开一个无限的空间——

你脸上蒙着白布

甚至都不屑再看我一眼

姐姐，我没有等到你醒来

姐姐，我没有等到你醒来
我等到的是姐夫要我为你选一块墓地

我看不透悲伤的深浅
又如何托起你生前的欢愉

我为你选的墓地
是我对你的留白

告诉你一个秘密

我失去了秘密的范畴

我不是没有秘密

是我失去了秘密的范畴

人生的最高境界是没有秘密

我还没有走到最高境界

可我已着实没有了秘密

修庙，写诗，皈依，放生……

忏悔，弘法，安僧，布施……

我体内的沟壑拒绝形容词

且越来越习惯白描……

我甚至觉得手机多余

我一度还曾不用手机

——这样多好啊！

大家找不到我

我也不找大家

箴言的轴角被浪费

消耗的生命不求装饰

我帮不了你什么忙

真的！什么忙也帮不了

我没有办法……

我就是我的空白

我的空白如此苍白

戊戌年大雪纪事

我姓向。留宿"向都"

无须隐姓埋名

一位徐姓的朋友来看我

他与乱世中的某人同名

我告诉他，我正仰望未来

他向我求证未来的位置

我说未来不长不短

太长没有坚硬的条纹

太短没有软弱的弯曲

这一天是二十四节气中的大雪

大雪没有打诳语。你自言自语

一个人的心一旦有了对岸

那个人的未来就只有凡尘

十一月十三日宿深圳大鹏湾

我已习惯低眉

俯首甘为孺子牛

我的奴性

是我未烧完的舍利

我眼里的彼岸

眷顾众生的潮汐

此岸的时光

不知如何深爱渔火

故乡是游子的远方

怀旧时凹下去的乡愁

有绝情的红焰

薄命的谜底

虽庸俗但亲切

忍冬花不会醒来了

老和尚教我的双手合十

一横是忍辱

一竖是皈依

紫荷斋记

戊戌年秋月，我回到老宅，将其收拾一番——相传此地形似荷花，故赐名"紫荷斋"；大门两边悬挂对联一副："灵踪竹影里，悟道月明中"，并作小诗以记之。

我的记忆喂养我的历史

虚构的情节皆乡情挺立

从前的日子弯曲着与我一般高

我原谅了当初的叛逆

也抹平了远方的背影

将过去分门别类装修

阁楼上的今夕何夕与世无争

修道莫还乡，还乡道不香

袈裟裹着的真身逃过接下来的日子

一定要记得随缘不要攀援

在绵阳，低头察看李白的故乡

故乡跌出酒壶

被月光镀银

千古忧心。酒

拉近故乡与月的距离

很多浪费的过往

难免醉态百出

盛唐认养的小径

原谅诗歌入侵的空间

想想贵妃的霓裳，赋予水的形态

再想想裸露的乡音，纵容故乡倾斜

漏风的人世啊
故乡的肉身正被悲伤锁住

寂静在月光下俯首称臣
李白的诗一度呈现出玫瑰色

角色

相守

有别于相思

分手

有别于相欠

很多角色形同虚设

你若收留了落日

我就比落日高

落日若收留你

我就比落日矮

没有什么能比落日安静！

我此后的角色就是

安静如落日

底色

你在我盛年落英缤纷
我们躲在蝉鸣的下面
听蝉借东风

时至今日我才发现我们还站在陌生的寂静里
有时伤害未必要像镰刀那样有好看的弧形
借口或一个眼神就足以阻止许多词语的复活

野芹菜

野芹菜隔水焯熟
医生说是降血压的良方

喜欢采野芹菜的表妹
早先我而去多年

因此我的血压总是不稳

有一个晚上山影蒙蒙

悲苦与悲苦之间的株距和行距

就像天边月与池中月之间的株距和行距

天边月含悲，池中月显苦

有一些时光不该预设结局

有一些词牌不该模仿睡莲

有一些蛙鸣不该泄露心迹

高月送客归，无意封侯事

意欲挽手前行，我忽然想到

我身着袈裟，就该双手合十

顿首

戒坛。十天受沙弥戒

十天受比丘戒。十天受菩萨戒

这一个月从晨钟到暮鼓

我一直走禅与心的直线

左脚印里有闪电的惭愧

右脚印里有惊雷的忏悔

失散多年的泪水一旦涌出

就连有灰落入眼里的借口

也来不及模仿

遗憾

黄昏压低山头
却抬高陌生人的面孔

墓门恋旧
碑铭的心事像圈套
坟上的荒草淹没前世
倒是旁边的一朵野花
活得没有技巧

酒色挥霍的黄昏
捍卫了黄昏
从回忆出发再到忘掉
原罪与功德的空间
曾经以血净身的魂
被黄昏束之于荒野

错过不仅仅是误会

晨钟敏感，暮鼓哀伤

晨钟模仿不了暮鼓

暮鼓也模仿不了晨钟

晨钟参悟的日月

寄情于暮鼓的山水

很多时候，暮鼓宁愿与晨钟错过

菩萨的笑

菩萨含笑

并没有笑

笑的是众生

可笑之人

也并不可笑

可笑的是菩萨

夏日星期日

夏日。星期日
流浪狗的咳嗽
像官员呵斥下属
冷且硬

城里。日渐升高的热浪
居心叵测。光芒涌入
灰色的天空下
新建的医院像博物馆

乡下。再无人把骨灰
当磷肥撒向田野
认识我的喜鹊老了
心跳之后，感同身受

后窗

谁囚禁美谁就多一份危险
后窗捕捉你的忧伤

后窗是为放腥风走
沉默的后院一直提防前门

芳心

陌上三更月

小虫归时不说离恨

沧浪水流经流年

后不如今。今非昔

春种芳心如何计算秋收

劫

你帮我刮背上的痧

泛红的湿物

转瞬变成渡你的劫

薄命的你啊

以后要自求多福

亲爱的滕王阁

与孤鹜齐飞的落霞
终于与秋水里的自己不期而遇

孤鹜绝情在先
长天伤害秋水的曲线在后

秋重时
伤害与绝情雷同

孤鹜呼唤落霞的声音绕水三匝
孤独折旧后不是放弃而是放下

此去经年。穷愁醉里宽
知情人从不说出我内心的苍白

琵琶调

打我呱呱坠地就与漾阳河相依为命

漾阳河流经的区域都叫故乡

漾阳河未流经的区域都叫异乡

在故乡与异乡之间我为你预留的区域

水草甘愿放弃水落石出

似水流年。水喊出我的法号

水也就道出生活的某些真相

真相空洞——"三千弱水，我只取一瓢饮"

安顿

我蜕了十八次皮

下到十八层地狱

才遇到越国的你

越国的空气

越国的光

有一股兰香的际遇

我极想抱着这股兰香

流出热泪

并安顿这股兰香

这股兰香

喜欢蓝色的窗帘

总有向我诉说的冲动

暴雨将至，我驱逐了
内心的龌龊。某处的滚烫
自有灵魂对应的肉身

错错

风扫晚云

僧扫地上月

我站在庙前的石拱桥上

身影像一个错别字

等你擦拭

倒影

一条鱼发现天空的倒影
也发现一只鸟的倒影

天空的倒影来自古老的岁月
鸟的倒影来自被鸟抛弃的云霞

发现天空的倒影时
落花正在水面做最后一次深呼吸

发现一只鸟的倒影时
这条鱼已决定下嫁入水的花魂

指纹

我不想退回前朝

那样我将无法自拔

也不想为你填词

那样我将深陷词牌

仰慕你的流水

已在高山之间走失

你在水边梳理鬓发时

落花窥视的春天

隐于你的指纹

你的指纹像我的书房

难言而终不言

沉香

早上的天空移步沅水

众神不忍濯足

鱼把心跳交给天空

向浮云学参禅

鲜花上的恨是一门药

箫笙感慨蝉声老

夜黑的时候

风高于黑

涉水而来的人

被三秋隔离

窗前的誓言一旦不能兑现

即是一个偌大的谎言

颇似出殡与出嫁

颇似出嫁与出家

仅有一字之差

漫卷诗书喜欲狂的人

书生气忒重

一定被屋里的灯光拥抱过

也一定高估了所谓的体贴和牵挂

殊不知高估的部分

最是无辜

再见时光已变幻

我的左眼看不到我的右眼

我的右眼看不到我的左眼

……忽然，我想起那个早春

想起那个早春的风骨

想起那个早春流水往返……

我实在不想你目击我的变幻

譬如……

远道而来的漾阳河
转折处温厚谦让
我赊下此处的下方
等一个人。趁等人之机
顺便打一个盹
二〇一八年春天的开端
与时下的爱情相似

一个午后

尘封的午后

我是光影的一块耻骨

耻骨上的密码

动了恻隐之心

在一个朝代的没落地

带我走进一座寺庙

晚归

晚是晚了点
但能够归来比什么都好

长路给孤园
浮云伴半生
我温一壶老茶
还有谁捍卫干渴?

茶不醉人人自醉
你出门踉跄的脚印
旋即长出青苔

永恒

停留山峰的借口
那次是初冬

你依梅而立
那次是初潮

解梦记

千里冰封，万里雪飘
雪花朝拜的大地上
没有一朵雪花要求诗人
沦为帝王，指点江山

你不该敲一下门就走

这一记敲门声

让夜黑得更快

让风吹得更烈

二〇一七年迟到的三九严寒终于来了

你为什么只敲一下门就走了呢?

我移步禅房

打开侧门

已见你渐行渐远

你走过的身后

一阵五百年的风正在徘徊

我刚张开嘴

风又把要喊你的名字塞回去

我的天涯原来是故乡

你在潊阳河边看鱼
鱼便有了心事

我在潊阳河边看你
水便有了凉意

鱼要经过多少轮回
才能逃出流水?

我要经过多少落魄
才能彻底交出自己?

时光的鳞片带有鱼腥。按照习俗
我不能在河边与你相见

也不能跳入河水与鱼相见

这里有我水葬的乡亲啊
漾阳河注定是我的天涯

这一次

回到故乡，我没有说我是诗人
我揣测故乡可能暂时不需要诗人
诗人是故乡多余的人
故乡却是诗魂皈依的地方

回到故乡我也没有说我是僧人
我揣测故乡可能暂时不需要僧人
僧人是灵魂的拓荒者
故乡只是僧人月下敲门的地方

想忘的地方

用"一切还来得及"安慰自己
其实一切已经来不及了

重叠的细节
根本不适宜安放在下一节

挥霍风和日丽
自当婉拒有分寸的借口

罗坪吉祥洞的秘密

流年放逐离人

寂寞陪伴的笑不伤人

乡愁低唤乳名

草木心有余而力不足

故乡伤我最深

我爱故乡最深

时令到了

错过的情节白露为霜

有一个山洞在对我张望。爬进去

里面奇形怪状的钟乳石彼此为我翻译

在我的领地不谈变故

否则你留下的苦痛无法安放

清风有归云作证

这——也便是我要买下吉祥洞的原因

多少年以后

多少年以后
你习惯低眉的眼神有两种光彩
白天你的眼里装着神的殿宇
夜晚你的眼里闪烁宿命的虔诚

多少年以后
我们从各自的终点回到起点
我舔吮过伤口的嘴唇留下难言之隐
你轻拂刘海的余韵显现光阴的辙印

多少年以后
一些想问的话又不想问了
有些起伏要在春天才能查到索引
有些羞涩要在黑夜才能用手抚慰

黄昏辞

我守候的黄昏已隐去四分之三
黄昏没有让任何人带走分毫

黄昏的记忆停留在那一枚闲章
那一枚闲章的记忆停留在那把刻刀

子规声里春光谢。岁月就是一把刻刀
空忆前身，新愁最怕熟人问

我为什么要留在黄昏？
是为你作证还是为黄昏作证？

同窗会

落花问流水
为何风静只有一蝉吟

今夜是一盏空
上半夜醉面；下半夜醉心

残钟渡溪水
松动鸟惊梦

踱着方步的星星是救心丸
你是下沉的天空

当救心丸变成舍利
爱就是因果

上游

上游。水里的月光很长
说明鱼正寂寞
下游。水里的月光很瘦
说明鱼寂寞到不愿报上姓名

上游的月光与下游的月光
没有鱼要的去处
我们握手言和吧
我做鱼的父王；你做鱼的母后

每一次相忆我都无依无靠

凹陷的钟声回到初衷

凸起的梵香要我保持晚节

如果命中注定终老他乡

我要选一个月凉的日子

并对曾经带给你的潦草默默羞愧

歌未央

香火的情节有详细有简短

无穷方寸莫说痴。若说痴

——还有比君更痴的人

烧香。磕头。长跪。合掌。许愿……

再造一个自己的念头一拍即合

这导致娘子或娘儿们的空间也呈倒三角形

斟酌辞

占卜师的心理构造接近星星

阳卦代表多云转晴，阴卦代表雨加小雪

阳卦代表长寿，阴卦代表短命

阳卦代表升迁，阴卦代表落魄

阳卦代表走运，阴卦代表背时

阳卦代表故乡，阴卦代表异乡

……卦卦相扣，又阴阳互调

一升悲剧未必能装得下两斤喜剧

长眠未必就是消失。但是

相知往往沉默

归途往往陌生

旧符显形犹似春暖花不开

身正不怕影斜反而看重倒影抒情

花满楼

窗外
月三竿
妾胆小
怯房空

决绝诀

如果说天涯有尽头
那么定在三生三世轮回的当口
泉香入茗杯。小径斜通竹
薄薄的松风催促着寒来暑往
天涯是黑夜里的一个黑点
束之高阁的下面
浪费的时辰最好实名制
这样便于风流大量闲置

清平调

一朵喇叭花趴在竹篱笆上
挣脱岁月的袭击
空花问野客。吾身原是妄
究竟有多少人在达到目的后
还会原路返回?

你离开了吗

往事与月光孕育的佳期
习惯在每一个月的十五
取我穿裌裳的背影为景

往事镶嵌在你的
万字格木窗上。我的身体
一贯迷恋床前明月光

图书在版编目（CIP）数据

长歌与短制 / 向未著 . -- 北京：作家出版社，
2024. 7 -- ISBN 978-7-5212-2969-1

Ⅰ . I227

中国国家版本馆 CIP 数据核字第 2024517L42 号

长歌与短制

作　　者：向　未
策　　划：途欢途乐
责任编辑：秦　悦
装帧设计：薛　怡
出版发行：作家出版社有限公司
社　　址：北京农展馆南里 10 号　　邮　　编：100125
电话传真：86-10-65067186（发行中心及邮购部）
　　　　　86-10-65004079（总编室）
E-mail:zuojia@zuojia.net.cn
http://www.zuojiachubanshe.com
印　　刷：中煤（北京）印务有限公司
成品尺寸：142×210
字　　数：85 千
印　　张：8.75
版　　次：2024 年 7 月第 1 版
印　　次：2024 年 7 月第 1 次印刷
ISBN　978-7-5212-2969-1
定　　价：88.00 元